LETTRE

D'UN

PARISIEN,

A SON AMI,

EN PROVINCE,

Sur le nouveau Spectacle des Eleves de l'Opéra, ouvert le 7 Janvier.

La critique est aisée, & l'art est difficile.

Prix, 12 sols.

A PARIS,

Chez les Marchands de Nouveautés , & audit Spectacle.

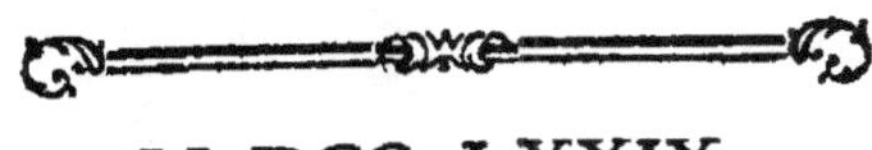

M DCC LXXIX.

AVERTISSEMENT.

CE n'eſt point ici un Eloge, encore moins une Satyre; c'eſt l'amour du vrai qui a fait éclore cette bagatelle, joint à l'intérêt de l'Art Dramatique en France, & du progrès de la Danſe & du Chant. De même que l'on découvre les défauts, de même on fait voir les beautés.

LETTRE

D'UN

PARISIEN,

Sur le nouveau Spectacle, des Eleves
de l'Opéra.

MON Ami, voilà un nouveau Théatre établi
dans notre Ville ; cela fait le quatrieme Spectacle
Forain (Nicolet, Audinot, Lécluse), fans comp-
ter les autres moindres auxquels les honnêtes gens
ne font point attention : j'ofe dire ici, qu'il y en auroit encore autant, qu'ils feroient tous remplis.
La paffion ou la folie du Théatre eft portée aujourd'hui à fon comble, & Paris eft de là moitié
plus grand que fous le regne de Louis XIV, où
l'on en comptoit huit exiftans à la fois. Voici
leurs noms tels que *Beauchamp* les rapporte :
» le Théatre du Petit Bourbon, celui du Palais
» Royal, celui du Marais, celui de la Cloche
» d'argent, de la Croix blanche & de la rue Gué-
» négaud, Hôtel de Bourgogne, & l'ancien Théa-
» tre Italien «. J'ajouterai qu'alors le génie n'avoit
point d'entraves ; ces différentes troupes jouoient
profe & vers, vers & profe, tragique & comique,

ſelon que les Gens de Lettres vouloient bien leur
confier la repréſentation de leurs Ouvrages. Reſ-
ſouviens-toi ſeulement, mon Ami, que la Phedre
de *Racine* a été jouée par la troupe du Marais,
& celle de Pradon à l'Hôtel- de Bourgogne. S'il
n'y avoit point eu alors deux Théatres pareils, la
Scene Françoiſe auroit été privée d'un de ſes chefs-
d'œuvre ; ô douleur ! C'eſt néanmoins ce qui peut
arriver encore aujourd'hui, puiſqu'il n'y a qu'un
Théatre qui jouit, dit-on, d'un privilége excluſif ;
mais je reviens à celui dont je dois te parler : c'eſt
un Spectacle Pantomime, un ſpectacle à machines ;
en un mot, un Spectacle merveilleux, unique en
ſon genre & inconnu à la Nation. Il faut entrer en
matiere ; je commence.

Les Eleves pour la danſe de l'Opéra, ce Théatre
attendu depuis ſi long-tems, ce Théatre ſi déſiré
par les Amateurs, s'eſt enfin ouvert le Jeudi 7
Janvier 1779, par la premiere repréſentation
de Jéruſalem délivrée, ou Renaud & Armide,
Tragédie-Pantomime en quatre actes, dont je vais
te rendre compte, mon Ami. D'abord je dois te
donner la liſte des Perſonnages de la Piece, & des
Sujets de l'un & de l'autre ſexe qui compoſent
cette Troupe nouvelle & brillante.

Perſonnages.	*Meſſieurs*
GODEFROY DE BOUILLON ,	Bouvard.
BEAUDOIN,	Rudom.
EUSTACHE ,	Gerard.
RENAUD ,	Lebœuf

Personnages.	Messieurs
TANCRÈDE.	Bithemer.
GUELFE.	Duchemin.
ALCOSTE.	Varenne.
UBALDE.	Beauson.
GERNAND.	Carlier.
DUDON.	*Idem.*
LE SOLITAIRE.	Guerant,
AUMONT.	*Idem.*
LE SAGE CHANTEUR.	Fabre.
GUILLAUME, *Général de la flotte Génoise.*	Duval.
LE CHEVALIER DANOIS.	
HARRELIE, *Hérault d'armes.*	Preaux.
ARTEMIDORE, *Comte de Vanbrock.*	Cantagrelle.
GERARD.	Chevalier.
VENCESLAS.	Fabre.
GASTON.	Hauteval.
RODOLPHE.	Sonis.
GUILLAUME DE ROUSSILLON.	Deschamps.
EVARD LE BAVARROIS.	Jacotot.
FRANÇOIS HENRY.	Auguste.

Personnages.	*Messieurs*
REMBAUD.	Borda.
O'.	Geuteau.
Un Page de Godefroy.	Lebœuf, C.

Charpentiers de l'armée.

Les sieurs Milon, Cotato, Laforet, Ferrieres, Duffaut, Gounel, Delporte, Robert.

Chefs Sarrasins.	*Messieurs*
LE GÉANT CYCLOPE.	Gueult.
OSMIDE, *Roi d'Afrique.*	Boson.
ALADIN, *Soudan d'Egypte.*	Douce.
SOLIMAN, *Soudan d'Illirie.*	Bouvard, A.
LUCIFER.	
ADRASTE, *Roi des Indes.*	
ALETE, *Ambassadeur d'E-gypte.*	Riviere.
IMEN.	
LE DÉSESPOIR.	Riviere.
HIDRAOT.	
PINDORE, *Hérault d'armes.*	Duffault, A.
ARMIDE.	Mᵈˡˡᵉ. Soph. Bidel.
CLORINDE.	Mᵈˡˡᵉ. Dautier.

LA CONDUCTRICE.
LA DISCORDE.
LA VENGEANCE. } M^{dlle}. Desperes.

Amazones.

Les Demoiselles Bonnefoi, Delile, Gabrielle, Adelaïde, Bourgoin, Hyacinte, Bino, Blachel, Bloche C.

Soldats Sarrasins.

Les sieurs Gonnel, Milon, Robert, Delporte, Dois, Colato, Dussaut, Ferrieres, Laforet, Louis.

Soldats Syriens.

Les sieurs Simon, Samboulet, Dubois, Ferrant, Vimeux, Lattache, Duci, Audri, Danton, Dominique, Bouvard C. Lioche.

Démons.

Les sieurs Marchand A. Bruno, Goupi, Marchand C. Alexandre, Antoine, Boson C. Moreau, Angebert, Aubert.

Voici les noms des Personnages ; venons au sujet de la Tragédie-Pantomime.

A iv

ACTE PREMIER.

Le théâtre repréſente le camp de Godefroy de Bouillon : on voit enſuite, dans l'enfoncement, la ville de Jéruſalem ; les armées viennent aux priſes ; les Infideles ſont vaincus : il y a le combat ſingulier de *Clorinde* & de *Tancrède*, qui eſt de toute beauté, ſoit par la préciſion, ſoit par l'exécution. Le Public à beaucoup applaudi ; & l'Acteur & l'Actrice méritent de grands éloges. Le tombeau de *Dudon* n'en mérite pas moins, ainſi que la marche lugubre de l'armée Chrétienne aſſemblée pour rendre les derniers devoirs à cet illuſtre Capitaine.

Le Palais de *Lucifer* eſt de la plus grande magnificence pour les décorations : c'eſt une touche hardie ; le merveilleux qui s'y paſſe, ne peut ſe décrire. *Armide*, dont la beauté étonnante doit ſervir aux deſſeins de ce Prince des ténébres, qui veut s'oppoſer aux ſuccès des Chrétiens, *Armide*, dis-je, arrive & eſt parée d'une ceinture magique, par l'Orgueil, la Flatterie, la Volupté & les Délices ; enſuite cette Princeſſe monte ſur un char, s'envole par les airs ; le tonnerre gronde, & tout s'évanouit.

Je dois te parler, mon Ami, du Ballet analogue, & dans le genre pittoreſque, trés-bien exécuté par les Démons & les Paſſions perſonnifiées.

ACTE II.

C'eſt tout uniment le ſujet de la forêt enchantée, où les ſoldats travailleurs, envoyés par

Godefroy pour avoir les bois propres à la prise de Jérusalem, sont interrompus & effrayés par les Démons, les spectres & les fantômes, d'une part ; & de l'autre, par les cris plaintifs ou gémissemens des arbres, qui sont très-bien rendus par une Musique expressive & imitative du plus grand effet. Si nous rendons justice au Musicien, nous la devons aussi au Compositeur des Ballets qui sont tous très-bien dessinés, & que le Public a fort applaudis.

N'oublions pas non plus la scene attendrissante de *Tancrede*, qui reconnoît *Clorinde* tuée de sa propre main, ou plutôt l'ombre de cette Amante infortunée qui semble venir lui reprocher son crime.

Voici le moment, mon Ami, où le Solitaire vient dire au Général que Renaud est le seul qui peut rompre le charme de la forêt enchantée. Ici commence l'intérêt de la Tragédie-Pantomime.

Renaud s'est exilé du camp, comme on l'a vu quelques scenes avant ; il faut le trouver. *Charles*, & *Ubalde* se chargent volontiers de la commission ; mais que d'entraves, que de difficultés ! Oui, mon Ami, c'est justement pour le plaisir & la satisfaction des yeux ; car c'est ce qui occasionne & entraîne tout le prestige & toute la magie de la chose dont le Public est fort content, sur-tout de l'Isle enchantée & des jardins voluptueux d'Armide.

Il y a un Ballet composé de plaisirs, de jeux & de Passions, qui est bien dessiné, bien exécuté & très-applaudi par les Connoisseurs.

ACTE III.

On voit le Palais d'Armide, qui eſt de toute beauté; ſeulement on ne le trouve pas aſſez éclairé. Le théatre change, & repréſente un berceau de roſes entrelacées de guirlandes. Armide, ſur un banc de gazon, tient Renaud dans ſes bras. Celui-ci éperduement épris de ſes charmes, languit dans le repos; mais Ubalde ſaiſit l'inſtant favorable pour lui préſenter le bouclier de diamant. Ce héros s'y voit, & rougit de honte: une lettre de Godefroy le décide entiérement, il part auſſi-tôt. Je dois te parler, mon ami, d'un Ballet compoſé de Nymphes, d'Amours & de plaiſirs, formant divers grouppes bien deſſinés, bien exécutés: éloges dus, ſur ma parole, aux Danſeurs & aux Danſeuſes.

Armide arrive toute effrayée, veut retenir Renaud qui, pour juſtifier ſon départ, lui donne la lettre de Godefroy qui le preſſe de ſe rendre au camp des Chrétiens. La douleur que cette tendre Amante éprouve à cette lecture, la fait tomber évanouie; ce qui forme un ſpectacle des plus attendriſſans, & qui fait verſer des larmes à tous les ſpectateurs; auſſi l'Actrice rend-elle cette ſcene avec feu & énergie.

Armide revenue à elle, la fureur dans les yeux, évoque les Démons, qui, armés de flambeaux & de torches allumées, forment un Ballet d'un genre pittoreſque & fort applaudi. Enſuite la terre tremble, le jour s'obſcurcit, le tonnerre gronde, le Palais, embraſé par les flammes, s'écroule, & une pluie d'or tombe à grands flots; ce qui termine l'Acte à l'applaudiſſement général du Parterre & des Loges. Quelques perſonnes ſéveres auroient voulu que ce fût la fin de la Tragédie-Pantomime ; mais ce n'auroit point été Jéruſalem délivrée.

ACTE IV.

Nous voyons encore ici le camp de Godefroy & la tente de ce Général, après la forêt enchantée, dont Renaud, révêtu d'un habit guerrier magnifique, va rompre le charme ; & les Soldats travailleurs alors peuvent couper les bois néceſſaires à la conſtruction des machines de guerre.

On ne doit point oublier un Ballet de Nymphes & de Dryades, avec des Faunes & Satyres. Cette variété plaît infiniment, & le mélange de danſe & d'action fait un effet merveilleux : auſſi applaudit-on beaucoup.

Enſuite on voit paroître Armide vêtue en Pallas, qui va joindre le Soudan d'Egypte. Après avoir rangé ſes troupes en bataille, elle donne le ſignal ; ſes guerriers la ſuivent, & marchent au bruit des inſtrumens militaires ; ce qui fait un coup de théatre admirable & fort applaudi.

La ſcene ſuivante ne l'eſt pas moins : c'eſt le triomphe de Renaud porté ſur un pavois, du conſentement général de toute l'armée : les acclamations & les cris de joie ſe mêlent au bruit des inſtrumens de guerre. O mon Ami ! ce n'eſt rien que de le décrire ; il faut le voir.

On apprend que le Soudan d'Egypte vole au ſecours de Jéruſalem ; les Guerriers ſe diſpoſent au combat : le théatre repréſente cette ville ; les Croiſés l'eſcaladent de toutes parts ; on diſtingue *Godefroy, Renaud & Tancrede* qui ſe battent en

Français, c'est tout dire. Sous leurs coups tombent & expirent le fier Soliman, le terrible Circassien, Argant, Adraste & Osmide, tous Chefs illustres des Sarrasins.

Dans cet intervalle, Armide, qui voit ses troupes fuyàntes & dispersées, s'efforce de les ranimer ; mais ses efforts sont vains. La Ville Sainte livrée au plus cruel assaut, n'offre à ses yeux que murs qui s'écroulent, que corps sanglans, & que toits dévorés par les flammes. Les sons bruyans de la trompette, les cris aigus des combattans, la voix douloureuse & déchirante des vaincus, rendent ce spectacle encore plus horrible.

Cette fiere Princesse, ne voulant survivre à sa honte, prend un poignard & se tue. Renaud jette un cri ; son Amante se retourne & expire dans ses bras. Cette catastrophe est terrible & fait verser des larmes aux cœurs les moins sensibles ; en effet, c'est une Tragédie muette.

Il est inutile, mon Ami, de te répéter les éloges mérités de cette Tragédie-Pantomime ; l'Auteur (M. Lebœuf) paroît être versé dans la lecture des Poëtes, & plein de leur esprit : son imagination est fertile & brillante ; il doit nous en donner de plus belles, si toutefois cela se peut. Au reste, le Public ne sauroit trop l'encourager à ce travail qui va augmenter ses plaisirs, enrichir la Nation d'un nouveau genre de Poëme ou de Drame qu'on pourroit appeler Action muette, s'il m'est permis de le qualifier ainsi : en un mot, les Censeurs ne pourront jamais critiquer les paroles.

En général, on convient de la beauté de ce nouveau Spectacle, de la magnificence des habits, de la beauté des décorations, & des talens des jeunes personnes de l'un & de l'autre sexe ; mais on craint que cela ne puisse se soutenir long-tems, vu la dépense énorme qu'il faut faire tous les jours. Les Entrepreneurs esperent d'abord sur l'indulgence du Public, amateur du beau ; ensuite ils n'épargneront rien pour contribuer à ses plaisirs. Il est vrai que l'expérience peut faire confirmer mon dire. Je finirai par quelques bons mots jetés au hasard : songes, mon Ami, que je ne suis ici que narrateur. » On ne doit point s'étonner qu'il » y ait peu de femmes, on ne parle point : » cette Tragédie est sans défauts ; il n'y a aucun » mauvais vers ; l'intrigue est bien chaude, car il » y a du feu ; les Acteurs & les Actrices ont une » belle mémoire, il ne leur faut point de souffleur, » &c. &c. &c «.

Le Public approuve beaucoup cette entreprise des Eleves de l'Opéra pour la *Danse* : pourquoi n'en avoir point pour le *Chant* ? Alors ce seroit une pépiniere pour ce premier Spectacle de la Nation, qui y trouveroit son profit : sans aller chercher au loin des voix sonores & brillantes, & à si grands frais, on en trouveroit auprès de soi, au sein de la Capitale ; & pendant ce tems-là, le Public profiteroit du plaisir extrême de voir former sous ses yeux, des Eleves de l'un & de l'autre sexe, pour la partie du Chant. Je ne doute point, mon ami, que cette idée ne se réalise, & que le Directeur de l'Opéra n'acquiesce à mon projet, qui est tout à son avantage. On pourra objecter que le privilége des Italiens s'y oppose : point du tout ; ces Messieurs sont des Acteurs formés, & ceux-ci ne sont que des commençans. D'ailleurs, ces Messieurs ne savent que trop que les talens font rares & difficiles à acquérir, & qu'il faut du tems à cet effet. Ces Messieurs donc ne feroient aucune difficulté d'y acquiefcer ; & fi ces Messieurs exigent de l'argent, on leur en donnera ; on ne veut pas aller fur les droits des autres, mais on voudroit contenter le Public : je compte étendre davantage cette idée *.

Je t'entends me dire, mon Ami : c'eft l'établiffement de l'ancien Opéra-Comique. Cela fe peut : quel malheur y auroit-il à le faire revivre ? Un certain Public le regrette encore tous les jours ; le Parifien fur-tout, qui eft vif, n'a vu qu'avec peine s'éclipfer ce genre qui avoit pris naiffance chez lui, pour faire place aux Ariettes : car je ne parle ici que des *Ponts-neufs*, Vaudevilles & Airs des rues ; alors le Français qui excelle dans l'art de tourner un couplet, produira aux yeux de la Nation ce qui lui a tant fait d'honneur autrefois, de l'avis non-feulement de fes compatriotes, mais encore des Etrangers. Oui, mon Ami, cet établiffement me femble encore, fi je ne me trompe, tendre à l'avantage des Lettres, au progrès de l'Art Dramatique & au profit des jeunes perfonnes de l'un & l'autre fexe qui fe deftinent au théatre, & dont les talens n'attendent que le moyen de fe montrer, mais qui rougiroient de paroître fur les tréteaux de Nicolet, où regnent la balourdife & l'indécence qui ne fervent qu'à perpétuer le mauvais goût, & qui n'exiftent qu'à la honte des mœurs & des lumieres du dix-huitieme fiecle. On imagine bien

* Voyez le Théatre de Famille, la Correfpondance Dramatique.

des Piéces sans Théatre, mais non pas un Théatre sans Piéces *.

A Dieu ne plaise, mon Ami, que je proscrive le Spectacle de l'*Ambigu-Comique*; c'est le Théatre des ENFANS, & celui-ci le Théatre des ADOLESCENS. Ils peuvent exister tous deux à la fois. Ce premier possede un répertoire charmant de Piéces agréables qui annoncent le germe du talent, & qui font voir que la vraie Comédie n'est point perdue. Je ne m'amuserai point à les citer; je nommerai seulement la derniere Comédie nouvelle, la *Musicomanie*.

Je ne doute point que les Gens de Lettres ne s'empressent d'enrichir de leurs productions en vers ou en prose, le Théatre des Eleves de l'Opéra, qui fait grande sensation dans notre Capitale, & que je t'invite, mon Ami, à venir voir au plutôt.

La Salle est sur un plan circulaire à trois rangs de loges un peu basses, dont le Public murmure, sur-tout les femmes; l'avant-scene est quarrée, ornée de pilastres : les statues de Thalie & de Therpsicore sont posées sur un tronçon de colonne aux deux côtés.

Le plafond est unique en son genre, d'une richesse immense. On apperçoit quatre tableaux voluptueux & d'un coloris charmant.

Les trois dernieres loges de chaque côté de l'avant-scene sont mal disposées; les personnes n'y peuvent rien voir de profil, défaut que l'Architecte au-

---

* Tout Directeur de Troupe devroit bien se mettre dans la tête que les Gens de Lettres seuls peuvent faire réussir son entreprise.

roit dû éviter. Les Gens de l'Art & les Connoisseurs y trouvent plusieurs autres fautes d'ajustement, & des vices de construction que le Public indulgent pardonne volontiers, à cause de la magnificence de la décoration intérieure de la Salle dont on a peu d'exemples. En entrant, les yeux sont éblouis par la richesse des peintures, sculptures & dorures : en un mot, tous les Artistes méritent les plus grands éloges ; & les Entrepreneurs de ce merveilleux Spectacle n'ont rien voulu épargner pour servir & satisfaire le Public connoisseur. Je t'invite encore, mon Ami, à le venir voir.

Je suis, &c.

P. S. Une nouvelle Actrice (Mademoiselle Jenny) a débuté dans le rôle d'Armide. Elle marque de grands talens, & a réuni tous les suffrages.